Alfie'nin Melekleri

Alfie's Angels

D0185674

LONDON BOROUGH OF HACKNEY

3 8040 01160 8454

In memory of Alfons,
who taught me about angels. H.B.

For Mum, Dad and Daniel,
for your support and encouragement. S.G.

LONDON BOROUGH OF
HACKNEY
LIBRARY SERVICES

BEM

LOCAT	Hom
ACC. No.	02/600
CLASS	

First published 2003 by Mantra
5 Alexandra Grove, London N12 8NU
www.mantralingua.com

Text copyright © 2003 Henriette Barkow
Illustrations copyright © 2003 Sarah Garson

All rights reserved

British Library Cataloguing in Publication Data:
a catalogue record for this book is available
from the British Library.

Alfie'nin Melekleri

ALFIE'S ANGELS

Henriette Barkow

Sarah Garson

Turkish translation by Talin Altun

mantra

Alfie melek olmak istiyordu.
Onları kitaplarında görmüştü.

Alfie wanted to be an angel.
He'd seen them in his books.

Onları rüyalarında görmüştü.

He'd seen them in his dreams.

Meleklerin kanatları var ve melekler uçabilir.
Alfie de okula zamanında uçabilmek için
kanatlarının olmasını istiyordu.

Angels have wings and angels can fly.
Alfie wanted wings so he could fly to
school on time.

Melekler dans eder ve çok güzel şarkılar söylerler.
Alfie de koroya katılabilmek için şarkı söylemek istiyordu.

Angels can dance, and sing in beautiful voices.
Alfie wanted to sing so that he could be in the choir.

Melekler gözünün görebildiğinden daha hızlı hareket ederler.

Angels can move faster than the eye can see.

Alfie daha fazla gol atabilmek için hızlı hareket etmek istiyordu.

Alfie wanted to move faster so that he could score more goals.

Melekler değişik şekillerde…

Angels come in all shapes...

ve değişik boylarda olabilir.

...and sizes,

ve en inanılmaz şeyleri yapabilirler.

and they can do the most amazing things.

Alfie melek olmak istiyordu.

Alfie wanted to be an angel.

Onları kitaplarında görmüştü.
Onları rüyalarında görmüştü.

He'd seen them in his books.
He'd seen them in his dreams.

Senede bir kere çocuklar melek olabilir.
Öğretmenler onları seçer.
Veliler onları giydirir.
Bütün okul onları seyreder.

Now once a year children can be angels.
The teachers choose them.
The parents dress them.
The whole school watches them.

Alfie'nin öğretmeni hep
kızları seçerdi.

Alfie's teacher always chose the girls.

En güzel kızları. En uzun saçları olan kızları.
En büyük gözleri ve en tatlı gülücükleri olan kızları.

The prettiest girls. The girls with the longest hair.
The girls with the biggest eyes and the sweetest smiles.

Ama Alfie melek olmak istiyordu.
Onları kitaplarında görmüştü.
Onları rüyalarında görmüştü.

But Alfie wanted to be an angel.
He'd seen them in his books.
He'd seen them in his dreams.

Öğretmen "Kim melek olmak ister?" diye
sorunca Alfie hemen parmağını kaldırdı.

When the teacher asked, "Who
wants to be an angel?"
Alfie put up his hand.

Kizlar güldü. Erkekler kikirdedi.

The girls laughed. The boys sniggered.

Öğretmen baktı. Öğretmen düşündü ve
dedi, "Alfie melek mi olmak istiyor?
Ama sadece kızlar melek olabilir."

The teacher stared. The teacher thought and
said, "Alfie wants to be an angel? But only
girls are angels."

Alfie kafasını salladı ve öğretmenine melekler hakkında herşeyi anlattı.

Alfie slowly shook his head,
and he told his teacher all about the angels.

Onları nasıl kitaplarında gördüğünü.
Onları nasıl rüyalarında gördüğünü.

How he'd seen them in his books.
How he'd seen them in his dreams.

Ve Alfie anlattıkça sınıf daha da dikkatle dinledi.

And the more Alfie spoke,
the more the whole class listened.

Kimse gülmedi ve kimse kikirdemedi, çünkü Alfie melek olmak istiyordu.

Nobody laughed and nobody sniggered, because Alfie wanted to be an angel.

Artık çocukların melek olabileceği yılın o zamanı gelmişti.
Öğretmenler onlara öğretti. Veliler onları giydirdi.
Bütün okul da onların şarkı söyleyip dans etmesini izledi.

Now it was that time of year
when children could be angels.
The teachers taught them.
The parents dressed them.
The whole school watched
them while they sang
and danced.

Alfie bir melekti!

Alfie was an angel!